Dieses Buch gehört

_____

Büchersterne

Liebe Eltern,

Lesenlernen ist eine Meisterleistung. Es gelingt nur Schritt für Schritt. Unsere Erstlesebücher in drei Lesestufen unterstützen Ihr Kind dabei optimal. In den Büchern für die 2./3. Klasse tritt das Bild zurück, der Textanteil wird größer und anspruchsvoller.
Mit beliebten Kinderbuchfiguren von bekannten Autorinnen und Autoren macht das Lesenlernen Spaß. Ein Leserätsel im Buch lädt zur spielerischen Auseinandersetzung mit dem Text ein. So werden aus Leseanfängern Leseprofis!

Manfred Wespel

Prof. Dr. Manfred Wespel

PS: Weitere Übungen, Rätsel und Spiele gibt es auf www.LunaLeseprofi.de. Den Schlüssel zu Lunas Welt finden Sie auf Seite 57.

Büchersterne – damit das Lesenlernen Spaß macht!

Mit Lunas Leserätsel

Kirsten Boie

King-Kong,
das Fußballschwein

Bilder von
Silke Brix

Verlag Friedrich Oetinger · Hamburg

Inhalt

1. Ausgelost!

„Wir sind ausgelost worden!", brüllt Jan-Arne,
als er vom Fußballtraining nach Hause kommt.
Mama und Papa essen in der Küche
Abendbrot. Bratkartoffeln.
Papa guckt zur Küchentür. „Hast du deine
Schuhe ausgezogen?", fragt er. „Du weißt
genau ..."
„Wir sind echt ausgelost worden, Papa!",
ruft Jan-Arne wieder und schleudert seine
Schuhe von den Füßen. Zuerst den rechten
Schuh. Und dann den linken Schuh. „Wir
sind Einlaufkinder! In zwei Wochen! In der
Bundesliga, Papa! Echt wahr!"

„Nicht einfach so in die Ecke schleudern!",
sagt Mama. „Stell die Schuhe bitte ordentlich
weg. Und was, bitte sehr, sind Einlaufkinder?"
Jan-Arne starrt Mama an. Dass sie das nicht
weiß! Wo es doch so ungefähr das Tollste ist,
was einem auf der Welt überhaupt passieren
kann!

„Wir laufen vor dem Spiel mit der Mannschaft
auf den Platz", sagt er. Jetzt kann er sich
ja endlich hinsetzen. Die Schuhe stehen
ordentlich auf der Fußmatte im Flur. „Bei
unserm FC! Da nimmt immer ein Spieler von
denen einen von unserer Mannschaft an die
Hand! Und dann laufen wir zusammen ein! Ein
echter Profispieler, Mama! Mit mir!"

„Ihr seid ausgelost worden?", fragt Papa.
Seine Gabel schwebt in der Luft. Jetzt begreift
wohl auch Papa, wie wichtig das ist. „Hatte
euer Trainer sich denn für euch beworben?"
„Mhm", sagt Jan-Arne. Mit Bratkartoffeln im
Mund kann er immer nicht so gut reden.
„Du läufst mit unserem FC auf den Platz?",
fragt Mama erschrocken. „Wo 60.000 Leute
zugucken?"
Aber jetzt hat Jan-Arne seine Kartoffeln runter-
geschluckt.
„Logisch, macht mir doch nichts!", sagt er.
„Mach ich doch später sowieso immer.
Wenn ich erst Profispieler bin."

„Mein lieber Scholli, du!", sagt Papa und starrt ihn an. „Das ist ja Wahnsinn! Dann müssen wir aber mal gucken, ob deine Schuhe auch noch vorführbar sind! Wenn du vielleicht groß im Fernsehen zu sehen bist!"

„Das hat unser Trainer auch gesagt", sagt Jan-Arne.

Da ist es doch doppelt gut, dass seine Mannschaft ausgelost worden ist. Er kann mit einem echten berühmten Spieler ins riesige Stadion einlaufen. Und neue Fußballschuhe kriegt er jetzt auch noch.

2. Nicht ohne King-Kong!

In den Tagen vor dem großen Spiel gibt es
noch viel zu tun. Aber zuerst muss Jan-Arne
King-Kong alles erzählen. King-Kong ist
Jan-Arnes Meerschweinchen-Weibchen, und
King-Kong interessiert sich auch sehr für
Fußball. Jedenfalls zittern ihre Barthaare die
ganze Zeit aufgeregt, während Jan-Arne ihr
ganz genau berichtet.
„Bestimmt nimmt Papa dich mit zum
Zugucken, King-Kong!", sagt Jan-Arne und
streichelt seinem Schwein über den Rücken.

Dann setzt er es zurück in den Käfig. „Damit du auch sehen kannst, wie berühmt ich bin! Ich frag Papa mal!"

Als Jan-Arne ins Wohnzimmer kommt, probiert Papa gerade die Videokamera aus. Die hat er sich von Onkel Thomas ausgeliehen.

Wenn sein Sohn vor 60.000 Zuschauern ins Stadion einläuft, reicht ja wohl nicht nur seine alberne Handy-Kamera, hat Papa gesagt.

Wenn sein Sohn vor 60.000 Zuschauern ins Stadion einläuft, braucht er eine richtig gute Videokamera.

„Gar nicht so schwierig!", sagt Papa jetzt und guckt zufrieden auf das Display. „Das krieg ich hin! Jetzt zoome ich dich mal ran, Jan-Arne. Wow! Damit machen wir einen echt coolen Film!"

„Ja, Papa, machen wir das?", fragt Jan-Arne. „Dann kann Oma sich das hinterher auch angucken. Die geht ja nicht so gerne ins Stadion. Aber weißt du, wer echt gerne ins Stadion geht? Zum Spiel?"

Papa guckt auf dem Display an, was er bisher gefilmt hat. „Gigantisch!", sagt er. „Ich bin der geborene Kameramann! Na, dann sag mal, Jan-Arne: Wer möchte denn gerne mit zum Spiel?"

Jan-Arne weiß, dass es jetzt vielleicht ein bisschen schwierig wird. Papa findet King-Kong nämlich leider nicht so nett wie Mama und er. Papa hat sogar schon mal gesagt, dass er King-Kong schlachten will. Da ist es doch gut, dass Papa jetzt wegen der Videokamera so gute Laune hat! Da sagt er bestimmt leichter Ja.

„King-Kong möchte gerne mit zum Zugucken!", sagt Jan-Arne darum tapfer. „Der interessiert sich doch auch für Fußball, du! Und wenn ich da so was Tolles mache …"

„King-Kong?", brüllt Papa. Jan-Arne muss sich immer wundern, wie schnell bei Papa die Laune schlecht werden kann. „Dein Schwein? Bevor ich das mit ins Stadion nehme, nehme ich lieber Oma mit!"

„Schon okay, Papa!", sagt Jan-Arne
erschrocken. „Nee, musst du ja nicht! Du
musst ja auch filmen! Da kannst du ja gar nicht
auf King-Kong aufpassen!"
Und er zieht schnell die Wohnzimmertür hinter
sich zu.
Dann fragt Jan-Arne eben Mama, ob sie
King-Kong im Stadion auf den Schoß nimmt.
Mama findet King-Kong ja auch nett.
Aber er fragt Mama lieber noch nicht gleich.
Sonst redet sie noch mit Papa darüber. Und
dann überlegt sie es sich anders. Mama fragt
Jan-Arne erst ganz kurz vor dem Spiel.

3. Das Versteck

Am Sonntagmorgen wacht Jan-Arne ganz
früh auf, weil er sich innen drin ganz kribbelig
fühlt. So fühlt er sich sonst eigentlich nur am
Geburtstag. Und Weihnachten.
Mama und Papa schnarchen noch im
Schlafzimmer. Da kann Jan-Arne ja vielleicht
King-Kong schon fürs Stadion fertig machen.
Leider muss er das nämlich heimlich tun.
Jan-Arne holt seine Fußballtasche. Da stecken
seine nagelneuen Fußballschuhe drin. Neue
Fußballschuhe haben die anderen aus seiner
Mannschaft auch fast alle gekriegt.

„Guck mal, King-Kong, da kommst du
jetzt rein!", sagt Jan-Arne und zieht den
Reißverschluss auf. „Ich hab es in der Tasche
ganz gemütlich für dich gemacht!"
Und er setzt King-Kong in das Fach, in das
noch keine Sportsachen gequetscht sind. Nur
zwei Karotten und ein großes Stück Gurke
liegen darin. Und jetzt kommt auch King-Kong
da rein. Da ist er bestimmt ganz vergnügt, weil
er was zu futtern hat. Und im Stadion holt Jan-
Arne ihn dann raus und gibt ihn Mama. Die
nimmt King-Kong ganz sicher auf den Schoß.

15

In der Tasche kann King-Kong ja nicht sehen, wie Jan-Arne auf den Platz läuft. Das versteht Mama bestimmt.

Gefragt hat Jan-Arne Mama noch nicht. Dazu war irgendwie nie die richtige Gelegenheit. Aber wenn sie erst mal im Stadion angekommen sind, muss Mama King-Kong ja nehmen! Logisch tut King-Kong ihr leid, wenn er die ganze Zeit in der Tasche bleiben muss. Im Stadion kann Mama gar nicht mehr Nein sagen. Darum ist es am besten, wenn Jan-Arne sie erst im Stadion fragt.

4. Mama muss zu Hause bleiben

Als sie zu dritt zusammen zum Auto gehen, um
zum Stadion zu fahren, nimmt Mama Jan-Arne
plötzlich ganz fest in die Arme.

„Ich bin ja so stolz auf dich!", sagt sie. Dann
gibt sie ihm auch noch einen knalligen Kuss
auf die Wange. „Ich sitz gleich die ganze Zeit
wie angeklebt vor dem Fernseher! Und wenn
ich dich entdecke, werde ich bestimmt vor
lauter Begeisterung ohnmächtig!"
Jan-Arne windet sich aus Mamas Umarmung.

„Wieso sitzt du denn vor dem Fernseher?",
fragt er erschrocken. „Du sitzt doch im Stadion!
Dich gibt es doch nicht doppelt!"
Mama starrt ihn an. „Aber ich komm doch
nicht mit!", sagt sie. „Hast du das gar nicht
mitgekriegt, Jan-Arne? Du fährst mit Papa.
Und ich bleib zu Hause."

„Was?", brüllt Jan-Arne. „Wieso denn?"
Das darf doch wohl nicht wahr sein! Wer soll
King-Kong denn dann im Stadion auf den
Schoß nehmen? Der kann doch nicht die
ganze Zeit in der Sporttasche bleiben!

18

Mama geht vor ihm in die Hocke. Das mag
Jan-Arne gar nicht. Dann fühlt er sich immer
wie ein Baby.

„Wir mussten dir doch schon die neuen
Fußballschuhe kaufen, Jan-Arne!", sagt Mama.
„Und Papas Eintrittskarte hat auch viel Geld
gekostet. Der muss doch einen guten Platz
haben! Damit er dich filmen kann!" Sie seufzt
ein bisschen. „Für eine Karte für mich war da
einfach kein Geld mehr übrig. Wir sind ja leider
keine Millionäre!"

Jan-Arne spürt, wie seine Finger anfangen zu
zittern. „Nur mit Papa?", flüstert er. „Ich fahr
nur mit Papa ins Stadion?"
Wo Papa doch so wütend war, als er ihn
gefragt hat, ob King-Kong mitdarf! Papa darf
gar nichts von King-Kong wissen.
Mama knuddelt Jan-Arne noch einmal ganz fest.
„Das wird bestimmt alles supertoll, Jan-Arne!",
sagt sie. „Ist doch klar, dass du jetzt aufgeregt
bist! Aber das wird bestimmt alles supertoll!"
Jan-Arne nickt und steigt ins Auto.
Natürlich wird es toll im Stadion. Für ihn. Und
für Papa.
Nur für den armen King-Kong wird es in der
Sporttasche bestimmt nicht ganz so toll.
Jedenfalls nicht mehr, wenn er die Karotten
und die Gurke aufgefuttert hat.

5. Endlich im Stadion

Vor dem Stadion trifft sich die ganze
Mannschaft mit dem Trainer. Und dann kommt
auch schon eine hübsch geschminkte Frau in
einer gelben Leuchtweste und winkt sie alle
hinter sich her.
„Hier ist eure Umkleide!", sagt sie. „Macht
euch erst mal fertig, okay? Danach erklär ich
euch alles."
In der Umkleide ist Jan-Arnes Mannschaft
leider nicht mit denen vom FC zusammen.
Das sieht Jan-Arne sofort. Die Spieler ziehen
sich woanders um. Aber trotzdem ist es toll
in so einem großen Stadion unten in den
Katakomben.

Wenn Michi und er das morgen in der Schule erzählen, staunen bestimmt alle.

Neben Jan-Arne zieht Michi seine Straßenschuhe aus. Michi hat leider keine neuen Fußballschuhe gekriegt. Seine Eltern haben gesagt, sie sind doch keine Millionäre. Das sagen ja wohl alle Eltern.

„Was raschelt denn da immer so in deiner Tasche, Mann?", fragt Michi, als Jan-Arne als Letztes die Stutzen aus seiner Tasche holt.

„Hast du da was versteckt? Sag nicht, du hast wieder dein Schwein mit reingeschmuggelt!"

Das hat Jan-Arne in der Schule nämlich
mal getan. Und das war alles ganz schön
schwierig.
„Nee, hab ich logisch nicht!", sagt Jan-Arne.
„Was du immer denkst! Glaubst du, ich bin
blöde?"

Dann schiebt er die Tasche blitzschnell unter
die Bank. Wenn Michi weiß, dass Jan-Arne
King-Kong in der Sporttasche mitgebracht hat,
verpetzt er ihn vielleicht beim Trainer. Und was
dann passiert, will Jan-Arne sich lieber gar
nicht vorstellen.

Tiere sind in der Umkleide bestimmt nicht erlaubt.

Da steht zum Glück auch schon die gelbe Frau in der Tür. Sonst hätte Michi vielleicht noch gedrängelt, dass Jan-Arne ihn in die Tasche gucken lässt.

„Seid ihr so weit, Jungs?", fragt die gelbe Frau. „Dann erst mal raus auf die Reservebank! Fototermin!"

Und da warten doch tatsächlich draußen im leeren Stadion drei Fotografen, die sind nur gekommen, um die Einlaufkinder zu fotografieren! Aber lange dauert das nicht. „Jetzt wisst ihr auch, wo hinterher euer Platz ist!", sagt die gelbe Frau. „Hier auf der Vortribüne! Merkt euch das gut! Wir wollen ja nicht, dass ihr nachher alle kreuz und quer über den Rasen irrt und das Spiel aufhaltet!" Dann bringt die Frau sie zurück in die Katakomben und erklärt ihnen genau, wie gleich alles funktioniert. Sogar das Winken übt sie mit ihnen. Damit das nachher klappt, wenn

sie endlich mit den Spielern an der Mittellinie
stehen.

„Und sofort losflitzen, wenn ihr zurückrennen
sollt!", sagt die Frau. „Wir wollen ja nicht, dass
ihr das Spiel aufhaltet!"

Jan-Arne guckt Michi an und rollt mit den
Augen. Jetzt hat die Frau schon zweimal
gesagt, dass sie das Spiel nicht aufhalten
dürfen. Als ob so was passieren könnte! Sie
sind ja keine Babys mehr.

6. Wer ist hier aufgeregt?

„Na, dann los jetzt, Jungs!", sagt die Frau.
„Seid ihr bereit? Eure Spieler warten!"
Da klopft Jan-Arnes Herz auf einmal so laut
wie sonst nur am Heiligabend, bevor die Tür
zum Weihnachtszimmer aufgeht. Oder vor
einer Mathearbeit.
An den armen King-Kong in der Sporttasche
kann er jetzt leider nicht mehr denken. Jetzt
hat er leider Wichtigeres zu tun.
Im Kabinengang sagt die gelbe Frau, dass
sie sich alle in einer Reihe hintereinander
aufstellen sollen.
„Und immer dran denken!", sagt sie. „Ihr sollt
eurer Mannschaft Glück bringen! Ihr seid die
Glücksbringer! Also benehmt euch!"

Jan-Arne denkt, dass das ja wohl logisch ist. Klar bringen sie ihrem FC Glück! Und er ist schrecklich gespannt, mit welchem Spieler er gleich einlaufen soll. Auf alle Fälle mit einem Stürmer. Jan-Arne spielt ja selbst im Sturm. Da kann der ihm doch auf dem Weg auf den Rasen vielleicht sogar noch schnell ein paar gute Tipps geben! Mit guten Tipps von einem Profispieler wird Jan-Arne bestimmt selbst so gut wie ein Profi.

Und dann ist alles ganz anders. Als die Spieler
in den Kabinengang kommen, sagen sie kein
einziges Wort zu Jan-Arne und den anderen
aus seiner Mannschaft. Sie gucken sie nicht
mal an! Sie gucken nur immer so vor sich
hin, als ob sie sich ganz doll konzentrieren
müssen. Oder als ob sie aufgeregt sind.
Aber das kann ja wohl nicht sein! Doch nicht
die echten Spieler vom FC! Die sind doch vor
einem Spiel wohl nicht aufgeregt!
Da kommt zum Glück der Schiedsrichter. Mit
seinem Team geht er zwischen den beiden
Mannschaften durch bis ganz nach vorne.
Dann beugt er sich zu Jan-Arne nach unten.

„Na, junger Mann?", fragt er. „Wollen wir los?"
Und Jan-Arne fällt fast in Ohnmacht.
Ausgerechnet der Schiri! Ausgerechnet mit
dem Schiri darf Jan-Arne auf den Platz laufen!
Jetzt schlägt sein Herz wirklich so laut, dass
er Angst hat, alle können es hören. Michi ist
bestimmt ziemlich neidisch.

Und endlich greifen auch die Spieler alle nach
irgendeiner Hand. Aber leider gucken sie Jan-
Arnes Mannschaft dabei immer noch nicht an.
Die wissen ja noch nicht mal, mit wem sie da
einlaufen! Jetzt ist sich Jan-Arne aber ganz
sicher, dass die echten berühmten Spieler alle
schrecklich aufgeregt sind.

7. Immer schön winken

Da geht der Schiri auch schon los, und beide
Mannschaften gehen hinterher. In einer langen
Schlange hintereinander gehen die Spieler
hinter dem Schiri und Jan-Arne auf den Platz.
Ganz langsam und feierlich, wie es sich
gehört. Und jeder Spieler hat sein Einlaufkind
an der Hand.

Und dann sind sie tatsächlich draußen! Der
Schiri greift sich den Ball von dieser kleinen
Säule vor den Katakomben. Auf der liegt er ja
vor Bundesligaspielen immer. Und dann gibt er
ihn Jan-Arne!

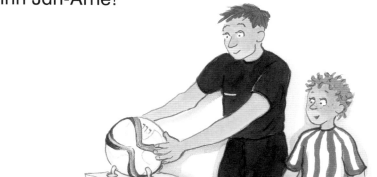

Jetzt wird Jan-Arne fast doch noch
ohnmächtig. Weil 60.000 Zuschauer nämlich
zugucken, wie er den Ball auf den Platz trägt!
Und weil 60.000 Zuschauer wirklich eine ganze
Menge sind. Und alle brüllen sie so laut und
klatschen wie verrückt und schwenken Fahnen.

Und alle können sie jetzt Jan-Arne sehen, wie
er mit dem Ball ins Stadion einläuft.
Mama kann ihn natürlich im Fernsehen auch
sehen und überhaupt alle Zuschauer überall.
Jetzt darf Jan-Arne der Ball um Himmels willen
nicht runterfallen! Das wäre ja das Peinlichste
auf der ganzen Welt!
Aber natürlich fällt ihm der Ball nicht runter, er
ist ja nicht blöde. Und als sie an der Mittellinie
ankommen, schlägt sein Herz schon längst
nicht mehr so laut. Wenn einer Profispieler

werden will, darf er nicht aufgeregt sein, nur weil ihn viele Leute angucken. Das kann Jan-Arne jetzt ja schon mal ganz gut üben. Alle Spieler stellen sich in einer Reihe auf und winken ins Publikum, und ihre Einlaufkinder stehen vor ihnen und winken mit. Und der Schiri und Jan-Arne winken auch. Das haben sie ja mit der gelben Frau geübt.

Da brüllt und singt das Publikum so laut, dass Jan-Arne denkt, am nächsten Tag sind die bestimmt alle heiser.

8. Mensch, Michi!

„Super gemacht!", sagt der Schiri zu Jan-Arne
und nimmt ihm den Ball aus der Hand. „Danke
für deine Hilfe!"
Und dann hält er Jan-Arne die eine Hand zum
Abklatschen hin! Ganz sicher wäscht Jan-Arne
sich seine Hände in der nächsten Woche nicht.
Da kann Mama sagen, was sie will. Er wäscht
sich doch nicht den Schiri-Schweiß ab! Und
den Staub von einem echten Bundesliga-
Fußball!
Nur leider gehen die schönen Sachen im
Leben ja immer so schnell vorbei.

Jetzt geben die Spieler ihren Einlaufkindern
schon alle einen kleinen Stups auf die Schulter
oder klatschen sich mit ihnen ab. Da rennen
sie alle ganz schnell zurück zu den Tribünen.
Das hat die Frau ihnen ja erklärt.
Aber als Jan-Arne sich umdreht, ist Michi nicht
hinter ihm. Michi steht noch immer in der Mitte
und winkt. Dabei stupst sein Spieler ihn schon
wieder an, damit Michi endlich vom Feld laufen
soll. Warum tut der das denn nicht?
Ohnmächtig ist Michi ja ganz bestimmt
nicht. Wenn man steht und winkt, ist man ja
hundertpro nicht ohnmächtig.

Der ist aufgeregt!, denkt Jan-Arne.
Ausgerechnet Michi! Der ist so aufgeregt, dass
er gar nichts mehr mitkriegt! Hilfe!
„Michi!", brüllt Jan-Arne darum. „Michi, nun
flitz endlich los!"
Und da kommt sogar schon die Frau mit der
gelben Weste auf den Platz gerannt und
schwenkt beide Arme. Die will Michi wohl
abholen.
Wie peinlich ist das denn! Wenn man vom Platz
geholt werden muss wie ein Kindergartenbaby!

Einen Augenblick denkt Jan-Arne, dass Michi
das ganz recht geschieht. Wo Michi doch
immer so angeberisch ist!
Aber Michi ist wohl gar nichts peinlich.
„War voll die Absicht, Mann!", sagt er, als
er sich neben Jan-Arne auf seinen Platz auf
der Vortribüne fallen lässt. „Ich war jetzt am
längsten von allen im Fernsehen! Voll krass!"
Aber dann gucken sie beide lieber zu, wie der
Schiri das Spiel anpfeift.

9. Was flitzt denn da?

Und dann wird es das langweiligste Spiel, das
Jan-Arne von seinem FC jemals gesehen hat!
Zur Halbzeit steht es immer noch null zu null
unentschieden, und sogar in der zweiten Hälfte
will und will kein Tor fallen. Das gibt es doch
gar nicht! Wo der FC doch sonst immer so gut
ist! Ausgerechnet heute, wo Jan-Arne dem
Verein Glück bringen soll!
„Achtundsiebzigste Minute!", zischt Michi
neben ihm. „Mann, oder? Sind die bescheuert?"

Aber Jan-Arne kann ihm gar nicht mehr
antworten. Und den Spielern zugucken kann er
erst recht nicht mehr.
Weil jetzt nämlich etwas ganz Schreckliches
passiert! Vor den Katakomben sieht Jan-Arne
plötzlich etwas Puscheliges flitzen, das ist
weiß und schwarz und kommt ihm leider sehr
bekannt vor.

King-Kong! King-Kong ist da eben auf den
Platz geflitzt!
Wie kann denn so was passieren? Wo Jan-Arne
ihn doch in seiner Sporttasche versteckt hat,
unter der Bank in der Umkleide!
Da fällt es Jan-Arne ein. Er hat vergessen, den
Reißverschluss zuzumachen! Und nur weil
Michi King-Kong nicht finden sollte. Darum
musste er die Tasche so schnell unter die Bank
schieben. Natürlich ist mal wieder Michi an
allem schuld!
Jetzt ist King-Kong schon mitten auf dem Feld
angekommen. Der arme King-Kong! Bestimmt
hat sein kleines Schwein ganz schreckliche
Angst! Wo es doch so laut ist im Stadion!

Aber die Zuschauer bemerken King-Kong zum Glück wohl gar nicht. Und die Spieler tun das erst recht nicht. Die haben ja schließlich was anderes zu tun. Die sind jetzt endlich mal alle in der gegnerischen Hälfte. Vielleicht fällt jetzt endlich mal ein Tor für den FC!
Nur King-Kong läuft zum Tor vom FC. Da hat er das Feld ganz für sich allein. Ein kleines Stück vor dem Tor hält er plötzlich an und fängt an zu fressen.

Wie kann das denn sein? Mitten in einem Bundesligaspiel! So viel versteht King-Kong eben doch nicht vom Fußball. Und schließlich ist Rasen eben Rasen. Klar, dass King-Kong findet, dass er hier genau richtig ist. Da findet King-Kong bestimmt was Leckeres zu futtern. Und das ist so schrecklich!

„Bitte, bitte, lieber Gott!", denkt Jan-Arne. „Lass uns jetzt ein Tor schießen, und lass das Spiel die letzten paar Minuten in der anderen Hälfte bleiben! Damit niemand King-Kong entdeckt!"

Aber dass das klappen kann, hat er wohl selbst nicht geglaubt. So einfach ist es im Leben ja nie.

10. Achtung, Meerschwein im Strafraum!

Jetzt sind nämlich plötzlich wieder die Gegner am Ball. Da verlagert sich das Spiel blitzschnell in die FC-Hälfte.

Und King-Kong hockt immer noch seelenruhig vor dem Tor und futtert! Wenn King-Kong jetzt bloß nicht den Ball abkriegt! Natürlich will Jan-Arne nicht, dass irgendwer King-Kong entdeckt. Aber dass er vielleicht sogar von einer Granate getroffen wird, will er auch nicht. Sogar die Profispieler kippen von einer scharfen Flanke ja schon um! Und wenn der Ball King-Kong trifft, geht es seinem kleinen Schwein hinterher bestimmt ziemlich schlecht.

Jan-Arne starrt auf den Spieler, der jetzt den Ball vors Tor flankt. Vors Tor vom FC! Und im Strafraum steht ein Stürmer völlig frei! Noch gefährlicher kann es ja gar nicht sein!

Dann hört er den Pfiff.

Der Schiedsrichter! Jetzt hat der Schiedsrichter King-Kong doch entdeckt! Darum hat er abgepfiffen. Und ob das nun gut ist oder schlecht, kann Jan-Arne nicht sagen. Der Schiri wedelt mit den Armen und zeigt auf den Rasen. Und jetzt sehen auch die Spieler alle Jan-Arnes kleines Schwein. Und die Zuschauer auch. Die brüllen und pfeifen.

Michi springt auf. „Los, Mann!", ruft er. „Da ist dein Schwein! Das müssen wir einfangen!"

Dann ist er schon mitten auf dem Platz. Und
Jan-Arne rennt hinterher.
Im Strafraum ist jetzt ein fürchterliches
Durcheinander. Alle Spieler von beiden
Mannschaften sausen durcheinander und
versuchen, King-Kong zu schnappen. Aber die
wissen ja nicht, wie man das richtig macht! Die
haben ja alle zu Hause kein Meerschweinchen!
Natürlich kriegt King-Kong dadurch erst richtig
Angst! Darum flitzt er quer über das Feld.

Und als er fast an der Mittellinie angekommen ist, schlägt er einen wilden Haken und saust auf die Tribüne zu.

Und da warten schon Michi und Jan-Arne auf ihn.

„King-Kong!", ruft Jan-Arne. „King-Kong, warte mal!"

Und vielleicht erkennt King-Kong seine Stimme, und vielleicht ist er auch nur erschöpft vom vielen Rennen. Jedenfalls bleibt er plötzlich stehen.

„Schnapp ihn dir!", ruft Michi.

Aber das hat Jan-Arne längst getan.

11. Ein Hoch auf die Einlaufkinder!

„Mensch, King-Kong, du!", flüstert Jan-Arne.
„Was machst du denn für Sachen!"
Da hört er den Applaus. Das ganze Stadion ist
aufgestanden und klatscht und trampelt! Und
jetzt hört er auch den Stadionsprecher. Durch
das ganze Stadion kann man ihn hören, und
die Leute am Fernseher hören ihn bestimmt
auch.

„Was für ein Glück, dass wir heute so tüchtige Einlaufkinder haben!", ruft der Stadionsprecher. „Sie haben das Flitzer-Kaninchen tatsächlich eingefangen! Ein Hoch auf unsere Einlaufkids!"

Wenn du wüsstest!, denkt Jan-Arne. Wie kann der Stadionsprecher bloß glauben, dass King-Kong ein Kaninchen ist? Aber er sitzt ja ziemlich weit weg. Da kann er so ein kleines Tier vielleicht nicht gut erkennen. Bestimmt denkt er, dass ein Kaninchen sich aus den Büschen um das Stadion eingeschlichen hat. Und das ist ja auch ein Glück.

12. Schwein gehabt!

Dann pfeift der Schiri das Spiel auch schon
wieder an. Einer von der gegnerischen
Mannschaft bringt den Ball wieder ins
Spiel, aber Jan-Arne kann gar nicht richtig
aufpassen.

„Mensch, King-Kong, du!", flüstert er. „Stell dir
mal vor, wenn dich so ein Hammer getroffen
hätte! Dann wärst du jetzt platt wie eine
Flunder!"

Da boxt ihn Michi in die Seite.

„Jaaaa!", brüllt er.

„Jabba-dabba-du!"

Und als Jan-Arne aufs
Spielfeld guckt, hat ihr
FC das Spiel doch
tatsächlich endlich
an sich gerissen
und startet einen
gefährlichen
Angriff.

„Tooor!!!!", brüllt Michi. „Tooor!!!!"
Und das ganze Stadion tobt, und King-Kong
verkriecht sich vor Schreck in Jan-Arnes
Halsbeuge.
„Eins zu null! Das war's!"
Da pfeift der Schiri das Spiel auch schon ab.

Und Jan-Arne denkt, dass jetzt nicht die
Einlaufkinder ihrem FC Glück gebracht haben,
sondern King-Kong. Vielleicht haben sie
einfach mal eine kleine Pause gebraucht. Jetzt
ist das Spiel 1:0 ausgegangen. King-Kong ist
eben doch ein Glücksschwein.

13. Der beste Tag überhaupt

Auf der Rückfahrt im Auto sagt Papa kein
einziges Wort. Da weiß Jan-Arne, dass Papa
richtig wütend ist. Und dass es gleich noch
ordentlich Ärger geben wird.

Zu Hause reißt Mama die Wohnungstür auf.
„Jan-Arne!", ruft sie und nimmt Jan-Arne ganz
fest in den Arm. „Jan-Arne, du, du warst ganz
riesengroß im Fernsehen! Wie du das Spiel
gerettet hast!" Sie gibt ihm einen Kuss. „Und
King-Kong war auch im Fernsehen! Das war
so lustig, wie der Stadionsprecher gesagt hat,
King-Kong ist ein Flitzer-Kaninchen!"

„Lustig!", ruft Papa. „Dein Sohn hätte fast
dafür gesorgt, dass ein Bundesligaspiel
abgebrochen werden musste! Und das findest
du lustig!"
Mama schüttelt den Kopf. „Aber es musste
ja nicht abgebrochen werden!", sagt sie.
„Und unser FC hat gewonnen! Wenn
King-Kong nicht aufgetaucht wäre, hätte
die Gegenmannschaft jede Wette ihr Tor
geschossen! Nur wegen King-Kong hat der
Schiri gerade noch rechtzeitig abgepfiffen! Nun
freu dich doch mal, dass deine Mannschaft
gewonnen hat!"

„Ich nehme King-Kong auch bestimmt nie mehr
wieder mit ins Stadion!", flüstert Jan-Arne.
„Heilig geschworen!"
Bestimmt möchte King-Kong das nämlich
sowieso nicht so gerne noch mal. Für King-
Kong war das alles viel zu aufregend.
„Und jetzt gucken wir Papas Video, wollen
wir?", ruft Mama. „Du hast doch bestimmt
einen superschönen Clip gedreht!"
Da setzen sie sich alle zusammen vor den
Fernseher. Und Mama lobt Papa sehr, und

Papa wird wieder vergnügt und schimpft
nicht mehr. Und als Jan-Arne abends im
Bett liegt, denkt er, dass heute bestimmt der
spannendste Tag in seinem Leben war. Er
war ein Einlaufkind, und King-Kong war ein
Glücksschwein und hat das Spiel für seine
Mannschaft gerettet.
Wenn er später Profispieler ist, nimmt er
King-Kong bestimmt auch immer mit. Aber
dann sitzt Mama ja auf der Tribüne und
hat King-Kong auf dem Schoß. Dann kann
überhaupt nichts passieren.

Jan-Arne kriegt

R ein neues Trikot.

S neue Fußballschuhe.

King-Kong ist Jan-Arnes Meerschweinchen-

C Weibchen.

H Männchen.

Die Videokamera leiht sich Papa von

H Onkel Thomas.

Onkel Tobias.

E

Lunas Leserätsel

In der Tasche liegen zwei Karotten und ein großes Stück

E Apfel.

I Gurke.

Jan-Arne läuft mit dem

M Torwart.

R Schiedsrichter.

Mama ist

I stolz auf Jan-Arne.

U wütend auf King-Kong.

LÖSUNGSWORT:

Und jetzt? Blättere um ... ➜

Hallo, ich bin Luna Leseprofi!

Hat dir mein Leserätsel Spaß gemacht? Mit dem **LÖSUNGSWORT** gelangst du in meine Lesewelt im Internet: www.LunaLeseprofi.de Dort warten noch mehr spannende Spiele und Rätsel auf dich!

Viel Spaß dabei wünscht

Luna Leseprofi

Lesespaß für Leseanfänger